マンション

中木 蓉

NAKAGI Yo

文芸社

目次

この本はマンション購入のノウハウを語るものではなく、還暦を過ぎてからマンションを購入しようと考えた、どこにでもいる1人の女性のつぶやきを集めたものです。

「これが決め手だったんだよね」

洋室の窓を開け放って、まだ雪の残る景色に思わずつぶやいた。札幌駅から地下鉄で15分足らずの立地にあるマンションの購入を決めたのは、4カ月前、2020年の12月中旬だ。

部屋は最上階の9階にある。2部屋とリビングダイニングのこぢんまりした中古物件。西側の洋室の窓から、藻岩山とその背後に連なる盤渓山や手稲山までのパノラマビューが望める。反対の東側はリビングで、ベランダから天神山に手が届きそうだ。

これらの山々が季節の移り変わりとともに装いを変えて、部屋に居ながらにして楽しませてくれると思うと心が躍る。

暖かくなったらマンションのすぐ下を流れる精進川に沿って散歩をしたり、足を伸ばして豊平川や藻岩山へハイキングに出かけたりしてもいい。そう、1人で……。

1　きっかけ

札幌に自分のマンションを買いたい。こんな突拍子もない考えをいつから抱き始めたか、よく覚えていない。

我が家は、子どもが小学生の頃、札幌に住んでいた。冬の季節は厳しいが、どこにいても山並みが眺められる北の都市を、私はすぐに好きになった。その後、本州の地方都市に引っ越してからも、心の片隅に「札幌にもう一度住みたい」という気持ちがあったのだと思う。

ただ、本当に具体的に心を決めたのは、札幌の大学に通っている下の娘が当地で就職を決めたときだ。日記にこう書いている。

2020年　8月21日（金）

香奈ちゃん、内定、決まりました～。

まだ配属は分かんないけど、道内のいろいろな所に飛ばされるらしいよ。うんうん、私の希望通りになってきたよ～。本気で札幌にマンションを購入しようかな～。ちょっと現実味を帯びてきた。

とにかく、良かった！　ホントにネガティブなことばかり考えてたから。フリーターになっちゃうんじゃないか、とか。10月に正式採用が決まったら、姉と妹に知らせよう！

2　新型コロナウイルス感染症

こうして私の『マル秘計画』は動き出した。

さかのぼること2019年12月30日、中国の武漢当局が市内における原因不明のウイルス性肺炎の発生を発表した。ただ、このウイルスがどうやら「やばい奴」らしいと各国で認識されるのは、年が明けて1カ月ほど後のことで、新型コロナウイルス感染症として政府が指定感染症と認定したのは2月1日。それからまたたく間に、この新型コロナウイルスは世界中に拡散し、人々の生活を巻き込んでいく。

２０２０年　2月21日（金）

コロナは何だかとっても嫌な感じになってきた。命に関わるウイルスではないけど、札幌の『雪まつり』で働いていた人が感染したことが分かり、香奈もバイトしていたので、俄然自分の家族に危険が降りかかってきた。あぁ、明日からの３連休は和彦とず〜っとこの話をすることになるだろうなぁ。きっと3月の同窓会の飲み会へ行くのも、反対されるだろう（泣）。

あぁ、それにしてもコロナダメージ。中国にはどう怒りをぶつけてよいのやら。もし、これが本当に武漢のウイルス研究所の不注意とかだったら……。もう、人類の終わりだよ。

その後、新型コロナウイルスの感染者は世界中で増え続け、国境はどんどん閉鎖されていく。２０２０年４月７日、政府は大都市圏に外出自粛などを要請する緊急事態宣言を出し、続く16日には対象を全都道府県に拡大した。「自粛」の言葉があらゆる行動に付きまとうようになる。

ただ、我が家ではもっと早くから「自粛」が始まっていた……。

２０２０年　２月27日（木）

あぁ、最悪の最低の状況になった。すべてはあの忌まわしい新型コロナウイルスのせいだ。

つまり、和彦が出張をキャンセルしたのだ。まあ、想定内ではあったし、正しい判断だろうが、最終決定を聞いたときには心の中に暗闇が拡がった。もちろん、顔には出さない。でもこれで私の春休みは無くなった。『嵐デー』も遠のき、何の楽しみも希望も無くなった。たぶん、３月の仙台出張も行かないだろう。ううう（泣）。でもほんの少しだけ望みをつないでいる。コロナが良好な方向へ転じたらもしかして……。ま、とにかく、まさしく「忍耐」の３月になりそうだ。

おまけにジム通いにもストップがかかった。昨夜、やんわりと「君が行きたいのは分かるけど……」と。まあ、これも想定内。ところで、『嵐』は北京コンサートを中止した。それはいい。これは支持する。なんとかせい！　中国。

政府の緊急事態宣言は、当然、社会に大きな影響を与えた。すべての学校は休校になり、多くの企業が在宅勤務あるいは時短勤務に入った。飲食店は自主的に、あるいは行政指導の下、営業を一時停止せざるを得なくなった。社会が、経済が、縮こまっていく。

私の勤める大学もキャンパス閉鎖になり、多くの職員は在宅勤務に入った。

2020年　4月9日（木）

一昨日、政府が緊急事態宣言を出した。対象地域は東京、神奈川、埼玉、千葉、大阪、兵庫、福岡で、それを受けて大学もすべてのゲートをロックし、立ち入り禁止になった。それで、午前中に事務長が来て、課長に在宅の可能性を伝えたようだ。

ただ、誰か一人は出勤しなくてはいけないらしい。私にとっては好都合、すぐに手を挙げた。なにしろ他のスタッフこそ、まだ夜飲み歩いているとかいないとか……。みんなが在宅勤務して、私は一人静かにオフィスで仕事したほうが安心できる。家に居てもストレス源がいるし。しかも今朝の電車はがら空き。たぶん来週からはもっと減るだろうから、こちらもストレスフリーになる。それに派遣は出勤しなければ給料が貰えないらしい。ま、とにかく、これで今月の給料と通勤手当は確保した。それにしても、シングルマザーとか一人暮らしとかだったら、すぐに生活が困窮してしまうだろうと思う。

で、昨夜、オンラインで緊急家族会議をした。娘たちは比較的落ち着いているようで良かった。香奈はちらっと「就職できんかったら養ってな」と言っていたが、やっぱり不安はあるんだろうな。ま、親が「あーだこーだ」と言うとプレッシャーになり、ストレス溜めるだろうからスルーしておいた。でも、第二の就職氷河期になるかもなぁ〜。

この後、新型コロナ感染症はいったん収まり、政府は緊急事態宣言を解除して経済再生のための政策を開始、同時にコロナワクチンの接種に着手した。

ただ、世の中では、人との接触を避ける『ソーシャルディスタンス』というワードが定着し、そんな中で私は62歳の誕生日を迎えた。

２０２０年　６月５日（金）

お誕生日、おめでとう～！

というわけで62歳になってしまいました。でも、62年の人生でこんな不安で暗いバースデーは初めてだと思う。まあ、金銭的には不安はないけど、子どもたちの未来は混沌としている。何かのときには助けなくちゃいけないだろうと思うと、少々の蓄えじゃ足りなくなるかもね。コロナのせいで健康面も不安だし。６月いっぱい様子をみて、もし第２波のきざしがなければ、７月からジム通いを再開しようと思ってる。そのときはまた、和彦と一悶着あるかもしれないけどね。

夜はいつものように娘たちとオンラインビデオをつないで、お祝いをしてもらった。

なんと彼女たちとはお正月以来会ってなくて、ときどきネットでコミュニケーションはとっているものの、なんか何を話していいか分からなくなっている私。それは、大学で学生と話すときも同じで、今日からキャンパスがオープンし、一部の授業が対面で行われるようになったんだけど、久々に顔を会わせた馴染みの学生とうまく話すことができなかった。コロナであんまり会話をしないほうがいいと思う気持ちもあったんだろうけど。まあ、もともと人と話をするのが得意ではなかったのかもしれない。

自粛生活で人と会えないことは、本当にしんどい。

感染症パンデミックは、『自粛警察』という新語を生み出した。これは、緊急事態宣言の下、政府の外出自粛要請や店舗の一時閉店に応じない場合、一般人が厳しい批判の声をあげる例を指して使われ始めた。たとえば、要請に応じないで営業している飲食店をネット上でさらしたり、有名人の行動を監視して非難したりという具合に。この『自粛警察』の存在に対する人々の反応は、賛否両論だった。

さらに、政府は感染症の拡大を防止するために3つの『密（密閉、密集、密接）』の回避を提唱し、『ソーシャルディスタンス』という言葉を使ってこれらの状況を極力避けるように、市民に呼びかけた。

こうして、世間の一人一人がお互いの行動を監視し、管理する風潮が広がっていく。我が家でもしかり。仕方がないと分かっていても、自粛生活で同じ相手としか会話しないから、フラストレーションが溜まってくる。

２０２０年　６月22日（月）

もう嫌！　いい加減にしてよ！

と日記にフラストレーション、ストレスを発散して平常心を取り戻そう。

この週末は天気が良かったので、土曜日に、前日の雨でまだ土が湿っている庭の草抜きをした。手の指とか足腰が痛くなった。でも何もすることがないよりはいい。日曜日も、苺のランナーがたくさん伸びていたので5株くらい定植した。庭仕事は人と会わないからいい。

冒頭の私の怒りは、もちろん和彦に向けてのもの。日曜日の朝ごはんのとき、「7月4、5日に姉妹と実家の様子を見に行こうと思っている」と伝えたら、なんと否!! つまり、1泊するのはどうかと言う。3人で会って実家の片づけをするだけだ。外食をするつもりもない。県外移動の自粛も解除され、自分だって7月中旬頃に実家へ行こうかなと言っていたので、了解してもらえると思っていたのに……。反対の理由は、姉の息子は飲み屋をやっていること、妹の娘は高校生で学校が再開していること。いつまた感染が拡がるか分からない、教員として自分は家庭内感染するわけにはいかない、云々。泣く泣く姉と妹に事情をぶちまけた。今回は2人だけで行ってくれるってさ。ありがたいね、我が姉妹たちは分かってくれて。でも、いつまで耐えられるか自信ない、我が家の『自粛警察』に……。

衝突を避けるようにして過ごすお家時間。そうやって少しずつストレスが溜まるにつれ、私のマンション購入欲求は大きくなっていく。

自分だけの空間が欲しい……。

3　性格の不一致

私たちは性格が合わない。

もともと夫は何事にも慎重で細かい性格だった。対する私は三姉妹の真ん中で放任されて育った。放っておかれた分、自分も他人を気にしない。夫曰く「気配りができない」のだそうだ。

たとえば、夫が朝出がけに「調子が悪い」と言っていたら、必ず帰宅後に「どう？　大丈夫？」と聞かなければならない。私はそれを忘れる。散髪に行って来たら、必ず「いいね、すっきりしたね」と言わなければならない。私はそれを忘れる。

自分では、気配りできないのは細かいことにこだわらないからで、大雑把なのではなく、合理的に物事を進めたい性格なのだと思っている。

二人は『こだわり』についても合わない。ときに、こだわる部分がお互いに正反対だったりする。

特に食に関しては、無農薬、添加物、加工品の安全性や栄養面などにこだわる夫から突きつけられる注文は、大雑把な私にとって責め苦のようなものだった。

たとえば2011年の東日本大震災後の福島原発事故以来、当地の農産物を購入することは、かなり長い間、ご法度になった。

こんな感じだ。

2017年　9月30日（土）
バチあたりめ、地獄に落ちろ〜！
確かに、『福島の梨』と思いっきり袋に書いてあるのを購入したのは私の不覚だった。ただ小振りで、お尻がきゅっと締まってて美味しそうだったから買ったんじゃ!!　実際、美味しかったので、あなたがなんと言おうと私1人で食べようと思っていたのに……。残り（3個くらいはあった）を全部捨ててしまった！　なんてもったいないことをするのか。あれを全部食べたって、私はあなたより長生きをするし、地獄行きは免れる。神様、食べ物を粗末にしたのは和彦であって、私ではありません。福島の生産者の皆さん、ごめんなさい!!
あ〜、考え方が違う。性格が合わない。こんなことは多分、結婚して3年目（いや、3カ月目？）で分かっていたのだが、なんとかここまでやってきた。「忍」「耐」の2文字を日記に刻み続けて……。だから、これからも同じ時間と空間を共有しなくちゃいけないけど、こういうことがあると辛い。

それから、子どもの教育についてもお互いにこだわりがあって、学校選びでは何度もぶつかった。
たとえば、子どもの保育園（幼稚園）選び。引っ越しの多かった我が家は、そのとき年度途中で保育園探しをしていた。

1998年　6月22日（月）
家探しは本当に大変だった。保育園入園申込みのどんでん返しを経て、悩んだ末、やっと家が決まった。

どんでん返しとは、つまり、藤沢市の保育園に電話で問い合わせて、我が家の娘4歳と1歳に人数枠があることを確かめた。それから住むところを決めた。で、すぐに市役所へ入園申込みをしに行ったら、なんと、電話したあとで4歳、3歳、1歳の兄弟の入園申込みがあったと言う。結局、自宅で仕事をする私の優先度は低く、その保育園はあきらめた。

ところで和彦は、今回の保育園探しの間ずっと幼稚園にこだわっていて、「自分が行ったから分かるけど、やっぱりいい幼稚園に行った子どもたちは、大きくなってもみんな立派になっている」と主張する。その『いい幼稚園』の基準や、『立派』なのがどういうモノサシで測られているのかよく分からないけど、とにかく良い学校に行っている子がイコール良い子どもであり、すなわち良い家庭の子どもなのだそうだ。だから、良い学校へ行かせて良い家庭の子どもたちと交わるべきだと言う。あぁ、なんたる高慢ちき。和彦が自尊心の高い人だと分かっていたが、「あぁ嫌だ」と思ってしまう。私以外の人にそんなこと言わないだろうけど、姉や妹が聞いたらあきれるだろうなと思う。

4　言い争い

そうなのだ。結婚してからわりと早い段階で、私たちは性格が合わないと認識した記憶がある。それでもなんとかやってきた、これまでは。何度も何度もぶつかりながら……。

２０１７年　１月28日（土）

今日は和彦がセミナーみたいなのがあって、自分が話すのか知り合いの講演を聴きに行くのかちょっと分からないが、しばしの息抜きタイム。

今朝は久々に頭から湯気が出るほど腹が立った。それはつまようじ１本から始まった。朝ごはんの準備をしていると、２階から下りてきた和彦が、いきなり、テーブルの上の何かを指さして「これ、ちゃんと捨てておいてよ～」と言う。私はキッチンのカウンター越しにちらっと見て「分かった、ごめん」と適当に返した。で、ここで止めておけばよかったのだが、そんなにご機嫌が悪いとは思わなかった私は、再び「え、何それ？」とつぶやいてしまったのだ。ブッブッー！　地雷を踏んでしまった。

次にきたのが「見もしないで返事をするな！」と。で、私もハァーと思って「先っぽは見えたんだけど」とフォローしようとしたら、「そういういい加減に言っておこうという態度が嫌なんだ」と難癖をつけ始め、自分はずいぶん我慢している云々かんぬん……。私もヒートアップしちゃって逆襲。「あなたは自分の気に入ることしか受け入れない、自分の正当性を主張して認めさせるまでうだうだ言い続けるから、そういうふうに（いい加減に）対応するようにしてる」とぶちまけた。すると「そうやって怒るから嫌だ」と言うから、「結局、性格が合わないのだから仕方ないじゃない」みたいなことを言った。そしたら「そんな性格とは知らなかった。知っていたら結婚しなかった」ときたので、私は「じゃ、別れることを考えましょう」と。

それからは例によっていつものバトル。まぁ、私も腹をくくったね。なんとなく考えている今後を、ちょっと早めに具体化するかなぁと。つまり、札幌にマンションを買うか、実家を改装して英会話教室を始めるか……。まぁ、姉と妹に相談だね。

こんな喧嘩を何度もしては落ち込み、そのたびに、どうして結婚したのだろうと思った。

5　結婚

いや実は、結婚前に付き合っていた頃から、性格が合わないとは思っていたのだ。では、なぜ結婚したのか。たぶん「子どもが欲しかったから」だ。

私は子どもが好きだ。子どもを育てたいとずっと思っていた。だから結婚した。子どもを法律で守るために結婚し、夫婦仲良く子育てをするのだ、と私は信じていた。が、これがなかなか難しい。

あるとき、「君は子どもが欲しいから僕と結婚したの？」と聞かれた。愛情確認の会話の中でのことだ。もちろん、「そうだ」などとは言わない。でも、実際に愛していることと結婚は、つながっていなくてもいいと思っている。一緒に居たいのなら、婚姻関係を結ばなくとも同棲すればいい。

特に女性が結婚で得るものは、今も昔も少ないように思う。未だに存在する配偶者手当や控除は、わずかな額で女性を家庭に縛り付けておくための道具だ。とは言え、私だって初めからこんな考えで結婚したわけではない。30年前、和彦との長すぎる春を持て余していた昭和の乙女は、それなりに『結婚』について悩んでいた。

1990年　3月15日（木）

結婚ってなんだろう。北氏は相当あせってるみたい。好きな人、対象となる人がいないからあせってるのかもしれないけど、私は？

もし対象となる人、好きな人がいなくなったら、やっぱりあせるだろうか？　今は

料金受取人払郵便

新宿局承認

2524

差出有効期間
2025年3月
31日まで
（切手不要）

郵便はがき

1 6 0-8 7 9 1

1 4 1

東京都新宿区新宿1－10－1

(株)文芸社

愛読者カード係 行

お名前《ふりがな》		明治 大正 昭和 平成 年生 歳	
ご住所《ふりがな》	□□□-□□□□		性別 男・女
お電話番号	（書籍ご注文の際に必要です）	ご職業	
E-mail			

ご購読雑誌（複数可）	ご購読新聞 新聞

最近読んでおもしろかった本や今後、とりあげてほしいテーマをお教えください。

ご自分の研究成果や経験、お考え等を出版してみたいというお気持ちはありますか。

ある　ない　内容・テーマ（　　　）

現在完成した作品をお持ちですか。

ある　ない　ジャンル・原稿量（　　　）

書　名			
お買上 書　店	都道 府県　　　　市区 　　　　　　郡	書店名	書店
		ご購入日	年　月　日

本書をどこでお知りになりましたか?

1.書店店頭　2.知人にすすめられて　3.インターネット(サイト名　　　　)

4.DMハガキ　5.広告、記事を見て(新聞、雑誌名　　　　)

上の質問に関連して、ご購入の決め手となったのは?

1.タイトル　2.著者　3.内容　4.カバーデザイン　5.帯

その他ご自由にお書きください。

(　　　　)

本書についてのご意見、ご感想をお聞かせください。

①内容について

②カバー、タイトル、帯について

弊社Webサイトからもご意見、ご感想をお寄せいただけます。

ご協力ありがとうございました。

※お寄せいただいたご意見、ご感想は新聞広告等で匿名にて使わせていただくことがあります。

※お客様の個人情報は、小社からの連絡のみに使用します。社外に提供することは一切ありません。

■書籍のご注文は、お近くの書店または、ブックサービス(フリーダイヤル0120-29-9625)、セブンネットショッピング(http://7net.omni7.jp/)にお申し込み下さい。

あせってないのだろうか？
＊だって結婚なんてペーパーの上のことだけじゃないの。
＊移ろいやすい人間の心。なにかで縛りつけておかなければバラバラになるよ。
＊だけど、結婚してたって心の通じてないカップル、いっぱいいるよ。
＊結婚の約束、いや、それだって気が変わったという一言で裏切られるんだよ。
＊結婚してからだって裏切られるよ。
＊「結婚しよう」という意志。結婚を実行すること自体、その人の気持ちの強さ、その人の愛情の信頼度が分かるんじゃないの？
＊だって、気持ちや愛情ばっかりじゃ結婚なんて実現できない。周りの人や家族だってあるし。
＊そういうことをすべて乗り越えて結婚するか、できるか、が本当の愛情の強さじゃないの？　結局、家族に言われて結婚をひるむなら愛していないんじゃないの？
本当に愛してるんなら、まず、お互いの心の結び付きを考えるよね。
＊結婚がお互いの心を結び付けることになるのかな。しなくたって、結び付いてる

人もいるし。

*だけど、結婚してくれないと不安になるでしょ。もしかしたら遊びのつもりかも、もしかしたら他の誰かが現れるのを待っているのかもって。そういう可能性はあるよ、結婚してなければね。結婚っていうのは、もう、そういうことは考えません、という約束でもある。

*だけど、周りの人、家族だって大事だし。

*…………


平成生まれの女性は、こんな葛藤を滑稽だと笑うだろうか。それとも、いくつかは共感してもらえるだろうか。

6 両親

私自身は愛情あふれた家庭で育ったとは言えない。日記を書き始めたのも中学2

年生で、親との関係に悩み始めた頃だ。『アンネの日記』を読んだのが直接のきっかけだが、私が心動かされたのは、アムステルダムの隠れ家での不自由な生活や迫害の恐ろしさではなく、アンネと母親との関係だった。自分に重ねた。

私の両親は夫婦仲が悪かった。いつも喧嘩ばかりして、母親は、のべつまくなしに父親をけなしていた。父親もしまいには愛想をつかしたようで、浮気をしょっちゅうしていたらしい。いや、浮気をしている父親に、母親が怒りをぶちまけていたのか（2人とも他界しているから確かめようがない）。どっちにしろ、嫌で仕方がなかった。

子どもの頃の私は、そんな両親の言動に対する嫌悪感を持て余して、ただ日記にぶつけていた。

1972年　12月13日（水）

私ね、家はもうケンタイ期に入ったような気がするの。だって、アノ人（母）とおとうちゃんの間は、ののしり合いとけいべつしかないみたい。愛のかけらってまだのこってんのかな？　私は今、愛（？）してる人いないけど、前に恋した経験からいくと、愛ってたえることなんだと思う。
それにね、アノ人、いけないと思うんだ。いくらさ、子どもが大きくなったからって、子どもの前で父親にはじをかかせるなんて！　子どもが大きくなったからこそ、とくに離れやすい女の子と父親をむすびつけなけりゃいけないと思うな。ま、私はさ、そんなことどうでもいいけど。
とにかく、うちにはちょっとした改革が必要だと思うね、私は。

でも、子どもの私が両親を批判するとき、それは、当時の社会に浸透していた「良妻賢母」と「男尊女卑」の通念を基準にしていたのだ。

１９７３年　12月30日（日）
今日はもちつきだった。おじさんが若い男の人を連れて３人でやってきたけど、今日ほど私、恥ずかしかったことないよ～。なぜって、うちの夫婦だよ。うちは婦夫だけど。お父ちゃんは男らしくもちつきすりゃいいのに、コソコソとすみで女みたいなことばっかして、そいで、おじさんに「それは女の仕事だ」とか、「あちらに女がいるだろ」とか言われても、もみ手してお飾りもち作ったり……。あー恥ずかしい、みっともない。もっと男らしくしてよ、お父ちゃん！でも、あの男をあんなにしたのは、あの女だ。本来の美しく、つつましい、日本の妻になってよ！

今なら、セクハラだと言われそうな危ない思想にどっぷりとつかっていた思春期の私。

私にとって両親は反面教師だった。思春期に至る頃にはすでに、自分は親のようにはならないと心に決めていた。

決めたことは実行しなければならない。だから、子どもを持たなければならない。自分の親とは違う親になるために……。

7　子育て

さて、結果はどうか？　自分が思い描いていた子育てができただろうか？

いやいや、子どもの頃の私は、子育てするパートナーのことをまったく考えていなかったのだ。自分がお腹を痛めて子どもを産み、自分の理想とする親になると自分一人で決めていたのだから。実は理想の子育てとは何かを、明確に分かっていたわけではないのだが。

夫は教育者だ。責任感も強い。当然、自分の子どもも責任をもって教育しようとする。自分の学歴に誇りを持っているが、子どもたちにはあまり「勉強をしなさい」などと口うるさく言わなかった。素晴らしいではないか、理想の親だ、と言いたいところだが、気が付いたらずっとレクチャーで子育てをしていたのだ。

たとえば、家族旅行の旅行先で子どもに「好きなお土産を買っていいよ」と言う。土産物店には土地の名物や記念品も売っているが、どこにでもある玩具も並んでいて、まだ幼い子どもはそちらを選ぶ。すると、レクチャーが始まるのだ。なぜお土産を買うのか、どちらにお金を使うのが有意義なのか、価値のある使い方なのか、などなど。当然、子どもは自分が欲しくて手に取った物を戻して、親が気に入りそうな品物に取り換える。

これは一見、正しいことのように思える。親がきちんと説明し、子どもに納得させるのだから……。

しかし、一事が万事そんな感じで、「自分で決めなさい」と言いながら、選択肢を提示する。つまり、親の価値観に合った答えから選んで決めなさい、と。

声を荒らげて叱ることはめったにないが、子どもの選択すべてに理論で介入した。子どもは理解してか否か分からないが、だんだん親の顔色を見ながら物事をするようになった。

よく考えると、私自身もずいぶん昔から夫に対して構えて接していたように思う。娘たちがまだ小学生だった頃からすでに……。

２００６年　６月12日（月）

和彦の尊大さ、自己顕示欲、エリート意識が嫌い。それが、私に対してだけでなく、私の周りで振り回されるとき、どうしようもない嫌悪感が湧き上がってくる。しかも、私はそれを称賛するように要求される。それをするには、毎日、好きではない役を演じる役者にならなければいけない。こういうときにはこういうふうに接する。こういうセリフを言う。こういう態度でふるまう。ときに名演技のつもりでいて、ひどいNGを出してしまう。

こうして、常に緊張し、自分ではない自分をやっていくのは結構疲れる。自己喪失に陥る。

唯一の役者稼業のお休みは和彦の出張のときで、そのときは子ども共々ゆっくりと羽を伸ばして楽しく過ごしている。なんか自分が二重人格になっているのが恐ろしい。

そう、子どもも彼の人間性に少しずつだけど影響されている。どういうふうに父親と絡み合って成長していくのか、私にも分からない。けれど、それが悪い方向に行かないように、私は子どもたちの声に耳を傾け、迷いや困難から抜け出す手伝いをしてやり、そのままの子どもたちを受け入れるようにしなければ……。

なのに、全然できていなかった。

たぶん、そういう両親の態度が原因だったのだろう。神経質な上の娘は小学校高学年の頃からたびたび腹痛を訴えるようになり、そのまま、過敏性腸症候群を抱えて成長した。

これではいけないと、私は娘2人が大学に入学する段階で家から出ることを勧め、本人たちも自分から県外の大学を選んで一人暮らしを始めた。親から切り離す、これが吉と出るか凶と出るか……。

でも、大学生になってからでは遅すぎたのかもしれない。

２０１６年　９月25日（日）

あともう少しで和彦が出張から戻ってくる。和彦の留守中に課題だった自分史作りをなんとか終了した。なんか、昔の日記をずっと読んでいると気持ちが過去に戻って、いろいろなことが思い出されてだめだな。でも、昨夜、真奈実がまた軽いうつ状態で電話してきたとき、あれこれと彼女の話を聞きながら「そうだよな、私はいつも逃げていたな」とか「それは違うだろ」と頭で思いつつ、日記を読んでリフレッシュした記憶をもとに冷静な対応をすることができた、と思う。

彼女が言うには「私はアダルトチルドレンだ」と。そして「私がこうなったのはパパとママのせいだ」と言う。「そうだね、その通りだね」と肯定した後で、「過去に戻ってやり直すことはできないから、真奈実が自分の現状を受け止めてカウンセリングに行くなら支援をするよ」と諭した。まあ、話をするうちに、彼女も少しずつ前向き、上向きになったかなと感じた。どうしたらいいのかなぁ……。

幸い下の娘はストレスによる身体的症状を訴えたことはないが、やはり鬱屈したものを抱えて成長した。

２０１９年　３月30日（金）

あ〜なんと時間が過ぎるのは早いのか。あっという間に１週間が終わってしまった。あさってから４月だよ。

とは言え、いろいろあった週だった。火曜日にジムへ行き、夜９時半くらいに戻ると、和彦と香奈が電話で話していた。なにやら就活のエントリーシートの作文を見てほしいということらしい。まあ、和彦がアドバイスをしていたので任せっきりにして、私は遅い夕飯を食べた。その後、あれこれ片づけをして戻ってくると香奈の涙声が……。うまくいかなくて悲しくなったのか⁈と思って聞いていると、スピーカーフォンの向こうで泣きながら「パパは自分の言っていることがどれだけ私たちに影響するか、分かっているのか」と言う。どういう話の流れか分からないが、つまりは小さい頃からパパの言うことが絶対だと思ってきて、自分の考えをまともに口にすることができなかったと言っているのだ。そして、突然に「ママは反抗期があったのか？」と聞かれたので、私は「むちゃくちゃ反抗したよ」と答えたら、「私ももっと反抗すればよかった」と、自分たちがどれだけ父親に抑圧されていたかを涙声で訴えていた。

あーあ、そうなんだよね。前から分かっていたけど、分かっていながら子どもを守ることができなかった。それは私の最大の後悔。私自身が和彦の方ばかり見て、ご機嫌を窺いながら行動していた。父親よ、あなたのパワハラがどれだけ子どもたち、そして私を歪めてきたか……。反省はしているかもしれないが、もう遅い。今になって気が付いても遅いんだよね。だって、彼女たちの心の中には、過去が厳然と居座ってるんだから。一応、言っておくけど、私はときどきに忠告はしていたよ。でも、まともに耳を貸さないし、すぐに逆ギレするし。で、口論になって子どもに嫌がられるし……。

もっとちゃんと向き合って、母親だからうるさいくらい和彦に忠告すればよかった。分かってるんだ、あの娘たちはきっと「ママは冷たい」と思ってるに違いないのだ。

　自分自身の子ども時代を不幸に思って、「自分の親のようにはならない。少なくとも子どもの前では夫婦喧嘩はしない」と決めた。その思いは揺るがないはずだった。なのに、いつの間にか歪んでしまった。私の理想とする子育ても夫婦関係も。

8　夫婦

喧嘩を避けるためには、夫に機嫌よくいてもらわなければならない。どのように振る舞えばいいのか、どういう言動が夫の気に障るのか、学習するまでにはけっこう年数がかかった。夫が「一緒に」と望むことには、できる限り付き合う（ただ、夫は外出好きなので、すべてに付き合うと疲弊する）。話を聞くときには、応答の仕方に変化を持たせる。自分自身の予定を立てるときには、常に夫にお伺いを立ててから決める。

こういうことをするのは、夫婦なら当然のことなのだろうか？　よく分からない。

そんなこんなの気配り生活をしていると、どれが本来の自分なのか分からなくなってくる。自分を取り戻す時間が必要だ。

幸い、夫は出張が多い。その出張の間は、ホームアローンで羽を伸ばしていた。

コロナ禍前までは……。

２０１９年　２月25日（日）

心待ちにしていた和彦の出張。土曜日の夜から１週間。でも翻訳の納期が今朝９時だったから、昨日は夕方ジムへ行った以外は夜11時過ぎまで仕事をして納入した。ということで、今朝は少しゆっくりしてます。たぶんこの出張が終わったら、和彦はもちろん、娘たちも入れ代わり帰省するだろうから、ま、身体的というより気が休まらないと思う。そう、なんか彼女らが高校生と中学生だったときのように、娘と和彦との間に立って気をもんでいた頃のメンタルに戻ってしまうというか……。出張前日も、ホントなら英会話くらいは行こうかな（行くと言えば何も言わなかったかもしれないけど、悲しいかな、私は言えなかった）と思ったけど、一緒に買い物に付き合ったりして、８時の空港バスに乗れるように送って行った。ということで、今日から１週間、仕事以外は何もしな〜い。週末はめちゃくちゃ『嵐』にまみれ浸ろう！

9　母親の死

夫も私も実家は同じ県内にある。ただし、我が家からは遠い。両家とも配偶者は70代で亡くなり、高齢の母親の一人暮らしだった。

自分が実家に長居したくないという気持ちがあって、帰省はいつも1泊、せいぜい2泊の短期間。それも姉妹の帰省に合わせて実家に集合という形だったので、今思えば母親に申し訳ないことをしたと後悔している。母親の面倒を見るのも、近くに住む姉と妹に任せっきりだった。

さすがにそろそろ私も姉や妹と交代で実家へ足を運び、数日にしろ、高齢の母のために買い物や家事をしようと決めた矢先に、母は突然亡くなった。

２０１７年　12月5日（火）

11月21日未明（これは医者の推定だ）、実家の母が亡くなった。風呂で死んでいるのが見つかったのが、それから1週間後のこと。新聞配達の人が郵便受けに溜まったままの新聞を見て、隣家に通報してくれたのだ。
すぐに私たち姉妹が駆け付け、隣組の人たちのお世話でお通夜と葬式をすませた。84歳だった。

一人暮らしの高齢者の孤独死と、隣近所ではささやかれたのかもしれない。昔からの人々が暮らす農村に嫁いだ母は、慣れ親しんだ土地を離れようとはしなかった。

２０１７年　12月9日（土）
〈母の死について〉
ずっと気にはなっていた。80歳を過ぎて一人暮らしで何かあったら……と。でも、一方で何かあったら、なんてないと思ってた。
やっと子どもたちが自立して、少しずつ自分のことに時間を使おうと思って、姉や妹とも旅行して、定期的に実家に行くこと（妹の負担を減らすために）を実行し始めた。お盆からこっち、姉と交代で毎月通い、この12月も8日と9日に行こうと決めてたのに……。決めて、そろそろ電話で連絡しとこうと思いつつ、先延ばしにしていた。もっと早くに電話していたら、もっと早く見つけられたかもしれない。

姉が訪ねるたびに、サプリに使うお金が高額すぎることを母に何度も注意した。私が行ったときもやっぱり同じことを話題にして、それから施設に入ることもしゃべったから、もうお母さんは絶望していたのかも。やけくそ気味でお金を使いまくっていたのかも。行くたびに意固地さが増し、お金に意地汚くなり、姉は「やってられない」と口にしていた。私もそう。だから、お正月も実家に泊まるのは1泊のみ。

結局、親不孝な娘だった、に尽きる。高校生のときの大反抗期、というか、ずっと打ち解けることはなかった。大学の費用も自分でバイトして払った。お金を借りても返したし、世話になりたくなかった。就職して家を出て盆正月に少し顔を見せるだけ。

結婚後、出産したときは手伝いに来てもらった。旅費も自分で出して来てくれて、これは感謝している。

でもその逝き方に一番感謝すべきかもしれない。母らしい逝き方。誰の世話にもなるものか、娘たちにちょっと仕返ししてやるために、しばらく隠れて……。罪悪感、感じてるよ、もちろん。きっと村の人たちもひどい娘たちだとうわさしてると思う。

最後に、お母さん、ありがとう。私は好きだよ、お母さんの逝き方。私もそういうふうに娘たちに世話をかけないように生きて、あとぽっくり逝く。私はお母さん似だから、きっとそうなると思うよ～。

安らかにお眠りください。我が家の犬のこと、かわいがってね。


母は犬を飼っていた。その犬は母が1人で死んで発見されるまでの間、自分の排泄物を食べていたのだろう、元気に生き延びて、姉に引き取られた。

その代わり、葬式のために一緒に実家に連れて行った我が家の犬が、帰宅してすぐ、母を追うようにして死んだ。老犬ではあったが、私たち姉妹は「ばあちゃんが連れて行ったんだ」とか、「自分の犬の代わりに『一緒に来る？』とか言って誘ったんだ」と、ひとしきり話題にした。

10　実家の処分

不仲の両親の下で育った私たち姉妹は仲が良い。だから、母が亡くなって住む人がいなくなった空っぽの実家の処分も、話し合って決めた。

それぞれに家庭を築き、すでに家を所有している私たちは、実家を処分することに迷いはなかった。だから、母親の死後、早々に片づけにかかろうとしたのだが、あまりのガラクタの量にどこから手を付けていいのやら、途方に暮れるしかなかった。

しかし、先延ばしにしても仕方がないので、私たちはそれぞれの仕事や家庭の雑事をやりくりして、実家に集まっては片づけにいそしんだ。これはこれで楽しかった。

「実家の片づけに行く」と言えば、快くではないにしろ、夫はダメだとは言わず私を送り出す。そして、姉妹は実家に集まり、子どもの頃に感じた不満や愚痴を言い合って大笑いして盛り上がった。それで全く片づけが進まなかったりしたが、三人で会ったあとは気分がすっきりするのだ。

親の思い出話もひっくるめて、日々のストレスを発散して帰宅する。そんなことを一年くらい続けた。

最後に一番大変だったのが本体、つまり家と土地の処分だった。もともと宅地でもない農地を借りて家を建て、長年住み続けたあと、最終的に地主の言い値で買い取った土地は、公道に接していなかった。当然、通常の不動産売買ルートでは売ることができない。これは、古い農村にはよくある話だとのちに知ったことだが、結構、田舎では問題になっているようだ。

とりあえず、妹が仕事の関係で知り合った不動産屋さんになんとか頼み込んで、すべてを任せた。結局、隣接して住んでいる人（母はこの家の人と折り合いが良くなかった）が買い取ってくれたのだった。

私は母の面倒も見ず、それこそ孫たちの顔を見せに行くこともあまりしないで、姉や妹に任せっきりだったのに、二人は売れた土地の代金を等分して、私にも分けてくれた。ありがたい……。このお金はマンションの購入資金に使わせてもらった。

11　仕事

私の職業は翻訳だ。いわゆる小説などの書籍ではなく、企業の社内文書やウェブサイトなどを翻訳する産業翻訳である。

結婚のために会社を辞めて、その時点で自分がそこそこに発揮できる能力はなんだろうと考えて始めた。

産業翻訳はたいていの場合、フリーランスとして翻訳会社に登録する。そして、案件ごとに仕事を請け負い、自宅のパソコンで作業をし、完成品のデータをメールやネット経由で翻訳会社に届ける。だから、自分で時間を管理しながら作業を進められる。

ママ友からは「いいわね、好きな時間に仕事ができて」とか、「通勤しないで楽だね」などと言われた。

が、しかし、そんなに甘いものではない。能力の高い人あるいは専門分野がある人なら、仕事の依頼も多く、プロジェクトの単価も高くなり十分稼げるが、私は文系出身で少々英語ができて文章が書ける、というだけの凡人だ。なんとか飜訳会社のトライアル試験をパスして登録翻訳者になっても、なかなか仕事の依頼はこないし、依頼される仕事は単価の安い案件ばかり。年収は扶養控除内で働くパートタイマーと同じくらいだった。

夫から「家族に迷惑をかけるな」「配偶者控除から外れるな」と言われながら、それでも細々と続けた。

子育てを優先しながら、仕事も続ける。これは私のこだわりでもあった。私は娘たちに「女も仕事を続けられる」ことを示したかった。自分がそのロールモデルになりたかった。

私が生まれたのは昭和33年。敗戦後の復興が完了し、経済は高度成長に向けて加速していた。が、社会や人々の意識は未だ旧態依然のまま。女性の幸福は結婚して家庭を持つことだというのが世間一般の通念で、仕事は結婚するまでの『腰かけ』。『寿退社』の言葉の通り、結婚して家庭に『永久就職』をする。そして、『良妻賢母』になることが女性の幸せだと言われた。仕事を継続する女性は『職業婦人』、のちに、『キャリアウーマン』と呼ばれ、なにかしら特別な目で見られたように思う。

私もまた、幼少期から小中学校時代にかけて、『良妻賢母』『男尊女卑』の通念を骨の髄まで染み込まされて育った。

そして、思春期に差し掛かった1970年代、女性の人権を確立しようとする動きが先進国を筆頭に世界で巻き起こっていた。

1975年には国連が主催する『第1回世界女性会議』がメキシコで開催された。テレビでは連日のように『ウーマンリブ』『男女平等』という言葉が飛び交い、バラエティ番組などで、中山千夏さんや榎美沙子さんが、男尊女卑を絵にかいたような男性たちをコテンパンに論破しているのを『目から鱗が落ちる』思いで見ていた。けれども、それは同時に私の頭の中を混乱させることにもなった。私はその思想を完全に受け入れることができずに、ただ羨むことしかできなかった。

1974年　9月9日（水）

今日の朝、ホームルームの時間に間瀬先生と大野君のやり取りを聞いていて、すっごくうらやましいと思った。船乗りになりたいという夢がある大野君もうらやましいけれど、そんな可能性を持ってる男性全部。私も男に生まれたかったー!!

私はまだ自分というものがつかめていない。将来の希望とか、まるでモヤモヤだし、これという才能もないしね……。笑っちゃうよね、まったく。

三輪さんは小さな家庭でだんな様を送り出して、掃除、洗濯なぁ〜んてのがいいと言うけれど、私は今でもそんな生活に抵抗したいと思ってるんだ。内心、それが一番いいと分かってるくせにね。ま、私は自分の子どもを立派に育てるだけだね。

１９７４年　10月10日（木）

大学へ行かないんなら、せめて高校の勉強だけでもがんばりたいんだよね、私。男だったら好きなように生きられる。目標を高くかかげて、それに向かってがんばれる。父親になったって、子どものしつけにちゃんと参加する。女として美しさにみがきをかけて、最高の男を見つけるのか、職業婦人として社会の第一線で働くか。

もちろん私の場合は前者だろうけど……。でも、それでもいいや。

１９７４年　10月12日（土）

バンザーイ!!　中日優勝!!

大洋とのダブルヘッダーで２勝。マジック通り、連勝して優勝！　立派です！

つくづく男の子っていいなぁ、と思う。野球できるのも、がんばれるのも男の子だから、男の子だから、男の子だから。

女なんて、女なんて、女なんて、つまんな〜い！

その後、私はフェミニズムに傾倒していくが、脳内を漂う『男性優位』の思想は払拭できずに生きてきたように思う。

なぜ私はもっと自由になれなかったのだろう。過去に戻って女子高校生の私に何かを言ってあげたい……。そう思うのは、今の私の中に後悔の念があるということだろうか?

12　ストレス解消法

時間を自分で管理できるのはフリーランスの大きな利点だ。子どもが学齢前は保育園も利用して仕事をしたが、それでも昼間は子育てを優先し、空いた時間や夜に仕事をする毎日だった。

こういう生活を続けていて、あるとき、ふと思ったことがある。仕事を含めていろいろな活動に関わることは、ストレスが溜まると思いがちだが、実は発散もしているのではないかと。

私は、子育て中、翻訳の仕事、ＰＴＡ、そして地域のコミュニティスクールで子どもたちに英語を教えるボランティアの３つを同時期にやっていた。どれも自分の意志で始めたことだ。もちろん時間に追われ、結構疲れる。それぞれの活動はやりがいもある一方で、うまくいかなかったり、人間関係のトラブルでストレスを感じることもあった。それでも続けられたのは、たぶんストレスを『たらい回し』していたからじゃないかと思う。

つまり、仕事で溜まったストレスをＰＴＡのママ友と雑談することで発散し、ＰＴＡ活動でフラストレーションを感じたら家族と話す。家庭内でも当然いざこざがあり、そんなときはボランティア活動でリフレッシュ。そして、人との付き合いに疲れたら、ひとり仕事に打ち込む、といった具合に。

たぶん、みんな同じなのだろう。だから、コロナ禍で自粛生活を強いられたとき、たらい回し先が無くなって、ストレスがあふれ出てしまったのだ。

13　住む家

マンションに住みたい、とずっと思っていた。いやアパート（集合住宅）に対する憧れは小学生時代にさかのぼる。

私は地方都市に近い片田舎で育った。日本経済が高度成長期に入り、さまざまな産業が発展していった時代だ。私の住んでいた地域にも広大な農地を埋め立てて工業団地ができ、そこで働くために人々が大量に移り住んできた。

通っていた小学校へも学期ごとに複数の転校生が入ってくる。

私は転校に憧れた。自分も転校して、新しい学校であんなふうに教室の前で紹介されたいと思った。自分が転校したことを想像して、教室の前で言う自己紹介の言葉も考えていた。だからクラスに転校生が来るたびに、私はその子たちに真っ先にまとわりついて友だちになった。

その子たちが住んでいるのは、たいていアパートだった。たぶん社宅だったのだろう、数階建ての新築アパートが建ち並ぶ団地。きれいなお部屋にピカピカの西洋風キッチン。食事はダイニングテーブルと椅子に座って食べる。洗面所やお風呂ではすぐにお湯が出てくる。しかも水洗トイレだ！

羨ましかった。

比べて自分の家は昔からの農村の一軒家。もちろんトイレはボッチャン式でお風呂は薪で焚く。ご飯はちゃぶ台を囲み、畳に座して食べる。

団地では何人かの友だちが同じ建物に住んでいた。あっと言う間に遊びに行けるではないか！　農村地区に住む私は、友だちに会いに隣村まで歩いて行かなければならないのに……。私は学校から戻るとすぐに団地へ行き、かたっぱしから友だちの家をはしごして遊びまわった。

こんな子ども時代の体験が、マンションに対する憧れの原点かもしれない。

住む家。これについても私たち夫婦は合わなかった。

私たちは結婚してから十数回引っ越しをしている。理由は毎回、夫の仕事のためだった。それはいい。私は転校に憧れた人だ。新しい土地に行くのはわくわくする。人付き合いも良くはないが、逆に地域の人とどっぷり慣れ合ったりしないので、引っ越しに際して友だちと離れたくない、などという感傷もない。

ただし、新居をどこにするかはまったく別の話だ。場所はともかく『住む家』は、使いやすく維持管理しやすいのが主婦にとって一番の条件だ。必然的に「マンションでしょう」となる私。ところが、夫は生来の一戸建て派だと、引っ越しを繰り返して思い知らされた。

引っ越した最初は賃貸なのでマンションでいいではないかと思うのだが、夫は、毎回、一軒家にこだわるのだ。結局、高い家賃を払って家を借り、家計を圧迫することになった。


私が一番残念に思っているのは、札幌に引っ越したときだ。

子どもたちも小学校へ入る年齢で、そろそろ次の職場には落ち着いて、ここが永住の地になればよいと願っていた。

転職が決まってから、新居を探しに札幌へ何度も足を運んだ。札幌という街をすぐに気に入ってしまったこともあり、私はこのタイミングで住居の購入を考えてもいいのではないかと思った。しかも、家探しをしているときに、子どもの通う予定の学校（私たちは引っ越しに際して、まず子どもの学校を選んだ）の近くに新築のマンションが建設中であることが分かった。

いろいろ調べて、マンションの利点を挙げ、夫を説得しようとした。雪国の札幌なら、雪かきや凍結の心配がいらないマンションが絶対にお勧めだ、とインターネットにも書かれていた。ローンも問題なく借りられるとマンション販売担当者も保証してくれた。

懸命な説得の甲斐あって、夫もほとんど心を決めてくれたようだった。ところが、最後の最後になって、夫は、自分の両親に（たぶんお金のことで）電話をかけた翌日、「やはりマンションはダメだ」と言って、それきりこの話は打ち切りになった。実家とどんな話をしたのか、今になっても分からない。

結局、夫は自分で中古の住宅を見つけてきて、そちらを購入したのだった。

この古い住宅には札幌に住んでいた5年間、屋根の雪下ろしや水道管凍結などで何度も悩まされた。夫の「金を払うのは僕だ」の一言で決まったことだったが、家の管理を担うのは私なのだ。

この札幌でのマンション購入失敗で味わった苦い思いは、その後もずっと私の中でくすぶり続け、今回の札幌マンション購入につながっている。

14 嘘

コロナ禍の自粛生活は私にたくさんの嘘を強要した。

夫は、緊急事態宣言が解除されてからも、とにかく人と会うことを避けるようにと言う。

もともと人付き合いは良くないが、気の合った友人とはじっくり長く関係を続けている私は、そういう人から連絡をもらったら必ず会うようにしている。

２０２０年　７月19日（日）

今日は「オープンキャンパスで出勤する」と家を出ての、山野久子との久しぶりの再会（オープンキャンパスはどのみちオンライン開催なので休みをとった）。彼女は母親が入院したというので「大変じゃない？　会うのやめようか？」と聞いたんだけど、どのみちコロナのために面会謝絶ということで、逆に時間が空いたのだとか。

一応密にならないように、２人で緑地公園へ行った。大昔、その２つ先の駅近くに住んでいたのに、行ったことない立派な公園。私、ほんとに行動範囲、狭かったんだね。今もだけど……。

公園はひまわりと蓮の花が満開。どこかから移築されてきた古民家もあった。歩きながら話しまくって、久しぶりに大笑いして楽しかった。最後に、やはりオープン席のある（ちゃんと用心はしているのだ）カフェでランチして別れた。

それから、体験申し込みをしていたスポーツジムへ寄った。そこは以前行っていたジムと違って、30秒間ウェイトマシーンをやって30秒軽く有酸素運動的に音楽に合わせて身体を動かすことを繰り返す（サーキットトレーニングというらしい）だけのジム。シャワーもないので、入って出るまでせいぜい40分くらい。これなら和彦の目を盗んでできそうだったので、とりあえず、6カ月間、12月末まで申し込みをした。がんばるぞ！

嘘って嫌だな、と昔から思っている。でも人間長く生きていると、嘘をつかざるを得なくなる。『嘘も方便』をグーグルで検索すると、ウィクショナリーサイトで「仏が衆生済度にあたっては、方便（手段）として嘘をつくこともある、ということから、大きな善行の前では偽りも認められるということ」とある。さらに軽い意味で「物事を円滑に進めるには多少の嘘も許されるの意」ともある。

それでも、私はときに「これは嘘ではない。ただ、黙っているだけだ」と心の中でうそぶいている。

だが、しかし、さすがにマンション購入を秘密裡に実行するのは無理だろうと思っていた。

15　実行

マンションの購入資金は、私が細々と続けてきた翻訳の仕事で貯めたお金と、30代に始めた養老保険の満期払戻金だ（その頃の利率は今と比べると考えられないほど良かった）。それから、これは予定外だったが、実家の土地の売却代金。夫には金銭的に迷惑をかけないと決めていた。もちろん、それだけ貯められたのは、私が全面的に夫に扶養してもらってきたからだが。

そして、意を決して夫に話をしたのは、購入の4カ月前だった。もちろん、話をするにあたって、反対された場合の説得材料を用意し、想定される問答も練習した。

２０２０年　９月８日（火）

先週末の日曜日は家族会議だったんで、例によって、その前に夫婦会議をした。で、札幌のマンション購入の件をダメもとで切り出した。すると、なんかひどくあっさりと受け入れられた。「僕も札幌はいいと思う」と。もちろん、開口一番、資金はすべて自分で出すと伝えた。これは、「香奈が札幌の大学へ入ったときから心にあったんだ」と言ったら、「昔、同じことを考えた人がいる」と例によって自分の話をし始めた。つまり、和彦の親父さんが、自分が東京の大学に入学したときに同じこと（マンション購入）を考えていたそうなのだ。それを話しながら「君は男気がある」云々と楽しそうに言った。その後は、私にマンションの条件をいろいろ聞いてきて、俄然自分のことのようにネット検索をし始めた。ま、ファーストステップはクリアか……。

しかし、翌朝、出かける前に「マンション購入はいいが、前に話した『老後の人生計画』を見直したい」とブレーキをかけてきた。とにかく、あとは和彦のペースにならないよう、難癖をつけられないように気をつけよう。

私のやりたいことを手放しで応援してくれる夫ではないから、マンション購入がすんなり受け入れられるとは思っていなかった。伝えてからも何度もネガティブ攻撃をしてきて、そのたびにあきらめようかという気持ちになったけれども、一晩眠ると、やっぱり「欲しい」という思いの方が強いと実感するのだ。まあ、一介の主婦が普通することではないだろうとは思うが……。

子どもたちの反応も微妙だった。

２０２０年　11月８日（日）

土曜日の夜、オンラインの家族会議で娘たちにも札幌マンション購入計画を話した。彼女たちもやはりぶっ飛んでいた。ま、手短に「避暑目的で使う」とか「札幌が気に入っている」とか「主婦でも地道に働き続けてお金を貯めればマンションくらい買える」とか、支離滅裂な説明をして、さらに「将来、あなたたちに迷惑をかけるような不良物件にはしない」と約束して納得してもらった。納得というか「ママがしたいんならいいんじゃない」ということでした。

おもしろかったのが、２人の反応の差。香奈は即座に「じゃ、それは私が地方に飛ばされたときに、札幌に来るときの根城だね」と言ったが、真奈実は「なぜ今、この時期なの？」とやや後ろ向き。ハハハ、やはり私は暴走人間なのかも……。そんなことを言っていた娘たちも（和彦と同様）、早速こんな物件があると（真奈実が真っ先に）送ってきた。香奈も「気になる物件があれば私が内見しにいってあげる」と言ってくれて、ま、彼女らにとっても、ちょっとエキサイティングな楽しみができたようでいいのだ！

とは言え、コロナ禍での不動産物件購入には多くの難関があった。とくに、地元ではなく、遠く離れた土地で探すとなると至難の業だ。ネットで良さそうな物件があっても、おいそれと見には行けない。

コロナ感染が収まりかけると、政府はダメージを受けた観光業を復活させようとＧｏ Ｔｏトラベルキャンペーンを開始したが、自粛が緩むと同時にまた感染者数が増加していくという悪循環に陥っていた。

もちろん、我が家も自粛が続いていて、物件を見に行くために飛行機に乗るなんてあり得ない。長期戦のつもりで、時間のあるときにネット検索をしては、気になる物件を見つけ、掲載している業者へオンラインで資料を請求することを続けた。

引っ越しを繰り返してきた私の中では、不動産は、最終的に仲介業者の店舗へ足を運ばなければ最新情報は得られないと考えていた。が、時代は急速に変わっている。特にコロナ禍の期間、多くの人が対面で人と会うのを避け、いろいろな手続きや買い物をインターネットで済ませているのだ。

ネットで予約し、ネットで買い物をする。

不動産もしかり。賃貸から売買まで、最新情報はすべてインターネット上にあり、常に更新されていた。しかも、一度に膨大な情報が参照できるし、サイトにはグーグルマップが組み込まれているから、近隣の店舗や学校、環境も衛星画像である程度確認できる。業者への問い合わせも、電子メールで24時間できる。直接声を聞くこともなく、文字でのやりとり。また、ネット上で自分の希望条件を登録しておくと、勝手に条件に合った物件を紹介するメールが送られてくるシステムもある。

そうやって、私は3物件を選び、比較表を作った。立地、築年数、価格、維持管理費などを書き出して、どの物件が自分の条件に一番合っているかを検討した。条件としては、たぶん冬はあまり使わないだろうから暖房費が個別で支払えるところ、維持費も長期的に見て負担になりすぎない額のところ、そして駅から近いところなどを比較した。

結果、このマンションの購入を決めた。

いや、よく考えてみると、これは運命的な出合いの物件だったのだ。ここが売り物件として掲載されているのを業者のメーリングリストで見つけ、詳細を見て直観的にここだと感じた。ここしかない、そう思った。

まず、売り物件情報欄に掲載されている窓からの眺望に心を奪われた。写真だけでは分からないが、グーグルマップで位置をチェックして「たぶん本物」だと思った。すぐに掲載業者に連絡をとって、担当者に詳しく話を聞く。

売り主は、退官されているが東京在住の大学の先生で、札幌にある大学で研究するために所有していたとのこと。つまり、別宅として使用していたのだ。「私と同じだ！」と思った。私は学者ではないが、このとき、頭の中で、藻岩山の眺望を眺めながら、机に向かって書き物をしている自分の姿を夢想していた。

物件はよくある「改装済み」ではなく、なんなら掲載写真には家具も寝具も、ダイニングのテーブルの上まで居住中のままの部屋が写っていた。しかし、そんなことは気にしない。最終的にここが条件に最も合っていることも確認して、内見の申込みをした。ただ、自分自身は行けないので香奈に行ってもらい、同時に私も彼女のスマートフォンとつなぎ、ビデオ内見をした。便利な世の中だ。

そして、決めた。

正式に購入契約をしたのが２０２０年の年の瀬、このときだけは夫に頼み込んで札幌来訪の許しをもらい、当地へ飛んだ。

２０２０年　12月21日（月）

本日午前中、不動産屋でマンションの購入契約をしてきた。

昨日の午前に新札幌に着いたときは大雪で、午後3時に担当者とマンション前で待ち合わせし、部屋の中を見せてもらう約束だったから、悪天候に「はぁ〜」と落ち込んだ。今回はコロナ感染を避けるために香奈のアパートには泊まらず、ホテルを予約したのでアーリーチェックインをしてゆっくりした。

で、午後にホテルで傘を借り、地下鉄を乗り継いでマンションの最寄り駅へ。向こうに到着して地上へ出たら、なんと青空が見えて太陽の光が差しているではないか！　新札幌の天気からは考えられなかったからびっくり。私はやっぱ本物の晴れ女だぁ〜。

初めてマンションの部屋に足を踏み入れた。やっぱりだ。洋間からの眺望が素晴らしい！　藻岩山全体が見渡せ、円山や大倉山あたりの山並みも全部。きっと豊平川の花火も完全に見えるに違いないのだ。あ〜、念願だった花火を自宅から見る夢もかないそうだ！

2月末までに全額を払い込んで引き渡し完了となるけれど、売り主さんは室内の家具家財をすべて廃棄するというので、いくつかの家財を使わせてもらいたいとお願いした。私としては、大型家具（食器棚、ベッド）は必要ないけど、冷蔵庫なんかの家電品は使えたらいい。ま、その辺りもおいおい話をしていくことになった。売り主さんは89歳になる方で東京在住。札幌にいる代理人の方も高齢なので、本当に売却したかったんだろうね。

２０２０年　12月22日（金）

昨日の夕方遅く、家に戻った。空港に迎えに来ていた和彦を少し待たせてしまった（出口付近で姿を見なかったので、ふらふらと外へ出ちゃって行き違い）。マンションは思った通りとても気に入った。ある程度は期待外れも覚悟していたけど、状態は良く目立った汚れ（壁とか床とか）は全くなかった。まあ、家具の裏とかは分かんないけどね。

先のことはお金も含めて分かんないけど、とても良い買い物をしたと思う。なにより、和彦とどうかなってしまっても行くところができた。それに、あそこなら眺望だけでもすぐに買い手がつくと思う（処分しなくちゃならない場合）。

札幌にいる間、時間があったんで今年1年の日記を読み返していたんだけど、ほんとにコロナ一色だ。たぶん、世界中の人がそうだろうと思う。私はとりわけ和彦の自粛警察にうんざり。もちろん、コロナに対する恐怖もあるけど、和彦はそれを増幅してくれるし、なんか正しい判断ができなくなる。たぶん逆に和彦は、自分は家族を守るためにマスクをはじめ、いろんな感染防止策を講じているのに、感謝されていないと思っているだろうな。

ま、とにかくコロナはしばらく収まらないだろうし、なんか変異株発生とかでさらに70%も感染力が強まったというニュース（イギリス発）もあるから、もしかしたらひどくなるかもしれないし、長引くかもしれない。

一番の対策は、自分の免疫力を高めて罹患しないことだ。かかっても自力でコロナを殺してやるぞ、自分が一つでも多くコロナウイルスを体内で殺してやるぞ、くらいの元気な身体を維持したいと思う。

そのためにはストレスを溜めないこと。和彦とうまくやっていくこと！

考えてみると、このマンションは本当に私のいろいろな思いの結晶なのだと思う。子どもの頃の集合住宅への憧れ。コロナ自粛からの解放。一人で過ごす時間（空間）の確保。加えて『推し』の喪失……。

16　推し

２０１９年　１月29日（火）
この週末土曜日に、大坂なおみが全豪オープンの決勝でチェコのクビトバを破って優勝するという嬉しい出来事があって、今週は元気いっぱいで始められるはずだったけど、それを全部打ち消すニュースが日曜日の夕方に突然入ってきた。
私は第一報を友だちからのＬＩＮＥで知ったんだけど、『嵐』が２０２０年末で活動を休止すると発表したのだ。すぐにファンクラブのサイトをチェックしたら、５人そろっての動画がアップされていた。概要としては、２０１７年６月に大野君が辞めたいという自分の気持ちをメンバーにぶつけて、それから、全員あるいは個々のメンバーと話し合いを重ね、最終的には大野君の気持ちを尊重し、でも『嵐』は5人のままで居続けるために、活動休止という結論に至ったというもの。

はぁ〜、大大大大ショック。1年半も前からその話が持ち上がってたのに、メンバーは少しもそんな素振りを見せず、突然の発表まで秘密にしていたというのも驚きだ。

悲しみがなんかじわじわと心の中にこみ上げてきて、ふと涙もあふれそうになったりして、和彦がコメントしようとする姿勢もうざくて、話題を変えたりしてやり過ごした夜。10時すぎにさっさと寝た。

今日はなんとか立ち直りかけているけど、昨日は全くダメ。仕事してても頭の中にこのことがすぐ浮かんできて、とにかく動き回って仕事に集中した。

あ〜、大野君の気持ちも分かるし、これがメンバーにとって最も良い選択だとも分かってるけど、『嵐』がテレビからいなくなっちゃうなんて淋しいよ〜。私のストレス発散はどうしたらいいの……。

「60歳にもなって推しなんて」と言われるかもしれないが、ふとマンション探しがこの喪失感を埋めてくれているように感じたことはあった。
姉と妹は、のちに私のマンションを『嵐御殿』と揶揄している。

17　老後

こうして実現した「私のマンション」は、新しい住人が来るのを待っている。しかし、当分の間はそれほど頻繁には訪れることはできないだろう。

２０２０年　12月23日（土）
今週末は特に何もなく、じわじわと全国の感染者が増える中、とにかくおとなしくして不要な外出をしないに越したことはない。とは言え、クリスマスのプレゼントを買わなくちゃいけない。ネットで買っちゃおうかな〜。

『嵐』の活動休止まであと1週間。テレビでは特集がされている。どれも全部録画しておかなくっちゃ。

このノートもあと1ページで終わる。なんか今年はお家時間があってよく書いたから、1年ももたなかったな、ノート。ま、それが日記と言うもんだ。

はぁ、でも1年1年がどんどん早く過ぎていく。若い頃はこんなふうに思ったことがなかったのに。やっぱり人生の終末が見えてきたからかなぁ。

老後をどう過ごすかなんて、まだ全然イメージできない。女性の平均寿命が87歳というから、まだこれから20年くらいは続くかもしれない人生。私としては、99歳くらいまでしゃきしゃき歩いていたい。

マンションを購入したから、これからどうなるというわけではないけれど、いろいろな出来事が重なって実現したこのマンションは、ある意味、私の人生のランドマークになるだろう。

あとがき

札幌のマンションには、冬場を除いて年に何回か訪れ、毎回1週間ほど、何をするでもなくゆっくり過ごしている。姉と妹と一緒に行くことも多く、実家の代わりに3人姉妹の集まる場所となった。

家族はあまり行かない。夫がごくたまに、昔の友人を訪ねるときに使うくらいだ。札幌で働く娘も自分でアパートを借りている。

それでも、そこに自分の「逃げ場」があることで、日常の苦労や憤りを乗り越えることができる。

人生60年も生きていれば、なんやかんやある。家族や夫婦間のわだかまり、過去の後悔、苦労。そんなこんなをこの本に詰めて、文字の大海原に放とうと思った。

無責任極まりないとは思いつつ……。願わくば、どこかに流れ着いて、拾った誰かが「ばかばかしい」とか、「分かる分かる」とか思ってくれたら嬉しい。

著者プロフィール
中木 蓉（なかぎ よう）
関西在住。翻訳者。

マンション

2024年6月15日　初版第1刷発行

著　者　中木 蓉
発行者　瓜谷 綱延
発行所　株式会社文芸社
〒160-0022　東京都新宿区新宿1－10－1
電話　03-5369-3060（代表）
03-5369-2299（販売）

印刷所　株式会社フクイン

ISBN978-4-286-25428-9